À Mariana e ao Mário

e também
ao João e Miguel,
Catarina e Matilde,
Beatriz e Margarida

A Alice

Todas, mesmo quase todas, as pessoas pequenas quando crescem se transformam em pessoas grandes. As mãos tornam-se compridas e são capazes de um adeus que se distingue à distância; os dedos longos, e às vezes tão longos que quando apontam ficam para lá da vista, perto de tocarem o que querem apontar. As pernas são quase pontes sem água, arcos enormes por onde se passa; e entre cada passo que dão, cabem vinte ou trinta mais pequenos, ou então uma corrida de lebre em disparada. Os olhos deixam de ser de ver ao perto, e por isso não conseguem reparar, mesmo que queiram, nos olhos das formigas, que são de um verde-escuro, quase terra; deixam de conseguir ver os homenzinhos de sombra que entram à noitinha pela janela, e nos passeiam pelo quarto fora. E mesmo quando os apontamos com os nossos dedos pequenos de tocar as coisas próximas, dizem, rindo com a certeza dos olhos de ver ao longe, que não se trata de homenzinhos a sério, mas da sombra sem forma dos candeeiros que iluminam a noite lá fora.

Todas, quase todas, as pessoas pequenas quando crescem se transformam em pessoas grandes e só muito poucas se tornam grandes pessoas. Como a Alice. Mas, antes de ser uma grande pessoa grande, Alice já fora uma grande pequena pessoa. Por isso, quando cresceu continuou a ver os olhos verde-escuros quase terra das formigas. A diferença é que agora os via com os seus olhos grandes de grande pessoa que também conseguia distinguir a pupila azul-celeste-quase-céu nos mesmos olhos verde-escuro-quase-terra das formigas. E os seus dedos ficaram tão compridos que tornavam perto as coisas que estavam muito longe. E muitas vezes se via a Alice ir buscar uma gota de céu às nuvens e um fósforo de luz ao Sol. Também não era raro encontrá-la com longas conversas demoradas com os homenzinhos de sombra que

3

à noite viviam pelos quartos, e que de dia regressavam ao candeeiro da rua, onde de facto moravam, aconchegados no morno filamento da lâmpada.

Mais, as grandes mãos da Alice nunca se tornaram mãos de dizer adeus ao longe, mas enormes mãos de se dar enquanto dizia olá. E quando a Alice dava as mãos era mesmo isso que fazia: dava as mãos, e nunca mais as tirava. As pessoas grandes, que nem por isso são grandes pessoas, dificilmente querem dizer aquilo que realmente dizem. Para elas, dar as mãos é só emprestar os dedos por breves instantes, e tirá-los no momento seguinte.

E os passos da Alice, onde, ao mesmo tempo, cabia uma corrida de lebre e um lento caminhar de tartaruga, não eram nunca passos de partir, mas sempre de chegada. E as pernas pareciam grandes troncos de árvore, pinheiros sempre mansos, com ramadas de braços onde se aninhavam os pardais.

Alice e as palavras

Muito antes de ser a grande pessoa grande que agora era, Alice, como já disse, tinha sido a grande pessoa pequena que já não era. E crescera a tentar falar a língua difícil dos adultos, procurando entender por que razão a vizinha do lado sempre a tratava por filha, quando nem sequer eram parentes, ou porque é que lhe diziam para não se empoleirar nos braços da cadeira, quando as cadeiras, toda a gente sabe, toda a gente vê, não têm braços nem têm mãos; para não riscar as pernas da mesa da sala, quando as mesas, toda a gente sabe, toda a gente vê, não têm pernas para andar.

Nunca percebeu o motivo por que chamavam àquela senhora muito pobrezinha, que vivia numa casa muito pequenina à esquina da rua, Dona Maria Chica, quando ela sempre dizia que não tinha nada de seu e que não era dona de nada. Era muito difícil, para a Alice, fazer-se entender porque parecia que as palavras que dizia não eram as mesmas que as pessoas ouviam. Parecia que cada palavra se modificava à medida que ia percorrendo a distância entre a boca ainda pequenina da Alice e as enormes orelhas (com pavilhões e tudo!) dos adultos. Por exemplo, sempre que pedia uma folha para desenhar, aos pais, aos tios, ou mesmo à avó Benedita (que também era uma grande pessoa grande, mas que andava já muito esquecida), traziam-lhe invariavelmente♣ uma folha branca, de papel, e nunca, mas nunca, se lembravam de lhe ir buscar uma daquelas verdes e ásperas que havia no cimo da nespereira do quintal da avó, ou

---

♣ Esta é uma palavra difícil de que os crescidos normalmente (olha outra!) gostam. Mas há que ter cuidado com elas, não se deve confiar porque se acabam em mente são muito provavelmente (cá está) mentirosas. Já agora, invariavelmente quer dizer sempre — mas a sério, desta vez não está a mentir.

daquelas largas dos plátanos, do jardim em frente de casa, e que pareciam mãos abertas, mas com menos dedos.

Mas o contrário também sucedia, e muitas vezes era ela que se admirava com as palavras da mãe, que a mandava ir para a mesa comer a papa, às vezes a papinha, e antes de ela poder imaginar o seu prato dum cerelac morninho, com sabor a maçã ou multifrutos, já a mãe colocara na mesa, mesmo em frente ao seu lugar uma sopa verde de legumes verdes e uma travessa com peixe cozido e batata, e pele e espinha e mais batata a acompanhar. Até houve um certo dia em que a professora, que era uma senhora aperaltada, cabelo grisalho esticado na nuca e grossas lentes de ver mesmo muito ao longe, mandou a Alice para o canto (para o canto já e imediatamente!) por estar demasiado atenta ao desenhar acrobático das asas de uma mosca.

[Em tempos um poeta, que como a professora usava óculos grossos e quadrados, só que de ver muito muito ao perto, conheceu esta mesma

mosca popular
aferroada aos miúdos,
avioneta escolar
para fugir aos estudos.

Alexandre O'Neill]

Só que, dessa vez, a Alice não percebeu que se tratava de um castigo, e pôs-se à janela a tentar pousar no bico de um melro.

Alice e os nomes

Ora, a Alice, que não se chamava assim por acaso, não tinha só este nome. As pessoas, explicara-lhe o pai, nunca têm um só nome. E cada nome tem uma razão de ser. O nome completo da Alice era Maria Alice Teixeira de Noronha: Maria, por decisão da tia, Alice, por escolha da madrinha (que era uma espécie de mãe pequenina), Teixeira, por parte da mãe, Noronha, por parte do pai, nome que já lhe vinha do seu pai, e do pai do pai e do pai do pai do pai do seu pai.

Acontece que a Alice achava que tinha tido azar no nome, e não só naquele por que toda a gente a tratava. É que cada nome, de Maria a Noronha, dava direito a um ralhete especial, com rima e tudo, a confirmar os dotes de poeta de quem se zangava.

A tia, que já era um bocado velhota e tinha um cabelo ora branco ora preto (a tal que tinha escolhido o nome Maria), de cada vez que Alice se escapulia da sua casa bafienta, pregando uma partida ao cão que parecia um rato, e que quase não latia, só guinchava, gritava-lhe da janela:

— *Ai, Maria, Maria, se te apanhasse, ias ver o que te fazia.*

Mas a Alice, nem se voltava e corria corria corria.

A mãe, de vez em quando, arremelgava-lhe os olhos muito abertos e perante a surpresa da Alice, a quem nunca parecia estar a fazer nada de mal, dizia-lhe:

— *Alice! O que é que eu te disse?!*

E depois de limpar as tintas espalhadas pelo chão da cozinha ou fechar todas as torneiras da casa de banho que a Alice tinha aberto para que o seu pato amarelo de borracha amarela e bico vermelho tivesse finalmente um verdadeiro lago para nadar, terminava sempre num resmungo:

— *Que chatice, Alice!*

Já a porteira, que lhe conhecera a mãe de pequenina, tinha a particularidade de se zangar com um semi-sorriso. Punha a boca de lado, e quando a Alice chapinhava alegremente de lama as escadas mesmo acabadinhas de lavar, dizia num quase murmúrio:

— *Esta Alice Teixeira... é só asneira, só asneira.*

Mas pior que tudo era a professora de piano, que os pais, mas principalmente a tia, insistiam que aprendesse (lá estava a Alice de dedos rígidos a tentar acertar ora nas teclas brancas ora nas pretas... uma mão de cada vez... agora as duas ao mesmo tempo). E sempre que trocava o dó pelo mi e o sustenido pelo gemido, lá vinha a sentença:

— *Então, Menina Noronha! Não tem vergonha?*

Até o pai se saía com tiradas poéticas, quando se tratava de zangar com ela. Se a Alice se chegava à sua beira, devagar e de mansinho — como sempre fazia com o pai —, e punha o seu ar mais sério e compenetrado para lhe explicar as suas últimas descobertas sobre a natureza do universo e a natureza da natureza, o pai, sem levantar os olhos dos grossos livros de letra miúda, do computador, ou do jornal se era domingo de manhã (e da sempre adiada visita ao parque), atirava-lhe a frase rimada que a Alice conhecia tão bem:

— *Que tolice, Alice... que tolice.*

(Por vezes substituía tolice por tontice, muito raramente por parvoíce, mas a parte em que dizia Alice mantinha-se invariável, a mesma, sempre igual.)

E assim, quase sempre, ficava o pai sem saber como se transformam formigas gigantes em aranhas, com a simples operação de lhes amputar as patinhas de trás. Ou como pode um guache preto tornar o caniche branco do Sr. Leopoldo, vizinho de baixo, num dos verdadeiros cento e um dálmatas.

Aliás, o pai nem nunca chegou a perceber bem (a malfadada frase interrompia sempre a Alice na melhor parte das suas explicações) a ideia fantástica da Alice

para assustar os homenzinhos de sombra que não desistiam de passear e saltitar, esvoaçar alegremente pelas paredes do quarto: se se quebrasse a lâmpada do candeeiro da rua (a janela da casa de banho era ideal para treinar a pontaria), eles ficariam sem casa e com certeza iriam fazer sombra a outra freguesia.

Por isto, e só mesmo por isto, é que a Alice não gostava lá muito do nome que lhe tinham dado. E até decidira mudá-lo, quando deixasse de ser a grande pessoa pequena que ainda era, para passar a ser a grande pessoa grande que havia de ser. E sempre que algum nome lhe parecia dado a rimas de louvar e não de maldizer, Alice escrevia-o num caderninho, não se fosse esquecer, quando se transformasse na tal pessoa grande que ainda não era e já não fosse a pessoa pequena que agora estava a ser.

Se espreitássemos para o caderninho da Alice, no meio de muitos rabiscos, entre os quais o de um chapéu que era mesmo um chapéu (mas que se quisesse comer um elefante — ou uma jibóia — até podia porque a Alice até lhe tinha desenhado a boca), encontrávamos vários nomes possíveis, para quando ela fosse suficientemente crescida para decidir o seu próprio nome, sem os palpites da tia, da mãe, da madrinha, do pai, eco do pai do pai do pai do seu pai:

O primeiro era Dulcineia:

— *Ah, D. Dulcineia, mas que brilhante e luminosa ideia...*

O outro era Rosa:

— *Que música harmoniosa, a que toca a D. Rosa.*
(Isto se a Alice conseguisse finalmente entender-se com o piano.)

A Alice achava que Rosa podia ser uma solução para si, porque se lembrava de um poeta antigo, que se ainda fosse vivo teria mais, muito mais, de cem anos — ele não tinha também tido muita sorte com o nome que além de rimar com filete, rimava com malandrete... — que se dizia amigo das rosas:

A Rosa é formosa — bem sei
Porque lhe chamam
Flor
D'amor — Não sei!

(Almeida Garrett)

Depois também pensou em Mafalda:

— *Ai, é um doce a D. Mafalda, tão doce como um pêssego em calda.*

Esta hipótese foi logo riscada e posta de lado. Primeiro, porque exigia uma rima demasiado forçada e, depois, porque Mafalda era um nome traiçoeiro que tanto dava para o bem como para o mal:

— *Olha a D. Mafalda... não faz nada, anda sempre na balda!*
— *Ai, a D. Mafalda, já é velhota e 'inda usa fralda.*

Depois de muito pensar e riscar, repensar e apagar, a Alice ficou finalmente dividida entre duas hipóteses:

Rita

— *Ai a D. Rita é muito esperta, além de bonita!*

e **Clemente**

— *Ah, a D. Clemente, em esperteza e beleza, bate toda a gente!*

E mesmo quando o pai lhe disse que Clemente não era nome de senhora (que tontice, Alice, Clemente é nome de homem!), a Alice não desmoralizou e respondeu-lhe:

Clemente é um nome que acaba em mente, e, como todas as palavras que acabam em mente, Clemente é palavra mentirosa e, como a Lua em quarto crescente, mente a toda a gente e a toda a hora. Por isso, parece que é nome de homem quando afinal é de senhora.

Ora, nesta altura, em que já não deixava passar um nome em claro, e para quem um nome valia sempre a rima que lhe seguia,

Zé, sai do balancé; Sara, tira a mão cara; Berta, deixaste a porta aberta; Catarina, empresta o brinquedo à menina; Mariana, não faças mal à mana; João, não embirres com o teu irmão; Miguel, não se pinta com os dedos, usa o pincel; Mário, não soltes o canário; Beatriz, não risques o chão com giz; Matilde, deves ser mais humilde; Margarida, para que é o penso se não tens nenhuma ferida?

nesta altura, como dizia, Alice tinha já crescido um bocado pequenino e já percebia um bocadinho ainda pequeno da estranha forma de falar dos adultos. E era por perceber esse pequenino bocado da língua dos que já são crescidos há muito tempo⟶ que a Alice sabia⌨ que devia sempre acrescentar um Dona ao nome que escolhesse. Porque mesmo que fossem muito pobrezinhas, como a D. Maria Chica, que não tinha nada de seu, e a quem nada pertencia, *todas as pessoas grandes que foram um dia pequenas* (umas mais e outras menos), eram donas de si, e das suas pernas de ponte, das suas mãos de acenar ao longe, dos seus pés de passos largos onde cabe um rio de pressa, a correr, e dos seus dedos estendidos de apontar, mesmo que não de tocar. E quando tinham filhos, as pessoas grandes também se tornavam donas dos pequenos olhos não só de ver mas de tocar, das pequenas pernas de saltar à lua e ao sol, das mãos pequeninas de dar .

E era por isso e mesmo só por essa mesma razão que no caderninho da Alice cada nome por ela escolhido vinha sempre depois de um Dona. Porque nessa altura, Alice já seria dona de si, e dos seus grandes braços grandes, das suas grandes mãos com os seus grandes dedos grandes. E das suas pernas de pinheiro manso com ramadas de abraços. E do grande grande grande sorriso de quem guardava o segredo das pupilas azuis dos olhos verdes das formigas.

⟶ Como se sabe, a língua dos adultos não é cor-de-gelado-de-framboesa, como a das crianças: vai escurecendo, escurecendo, à medida que vão crescendo e crescendo, até ficar de um rosa adormecido e quase branco.

⌨ E soubera-o sem ter de perguntar a ninguém, porque a Alice era mesmo inteligente, por isso lhe ia tão bem o nome Clemente.

Alice e os segredos

A Alice tinha um segredo. Mas como um segredo só é segredo quando alguém sabe que ele existe. Como um segredo só é segredo quando de sussurro em sussurro passa de boca em boca, de ouvido a ouvido, até toda a gente o ter escutado e deixar de ser o segredo que era dantes, Alice resolveu torná-lo público, contá-lo a quem o quisesse ouvir.

Um dia, numa reunião de família, arrastou o pequeno banco de cozinha, da cozinha até à sala, encavalitou-se nele e pediu a palavra. A ideia não era exactamente pedir a palavra, mas dá-la (ou dá-las, porque uma só palavra estava longe de ser suficiente para tudo o que a Alice tinha para dizer). No entanto, nesta altura, Alice já era versada no linguajar dos adultos. E assim, já sabia que para se dizer o que se quer dizer, nunca se pode dizer exactamente o quer se quer, de facto, dizer. Por isso, Alice empoleirou-se em cima do banco (— *Olha que cais, Alice!, que tolice! Já a fazer tropelias, Alice! O que é que eu te disse?*), manteve-se periclitante, por um instante. Tem-te não cais. Esteve mesmo para cair, mas não caiu. E finalmente deram-lhe a palavra. Alice aceitou-a, tossiu três vezes, devolveu-a e disse:

— *Sei um segredo.*

E antes que o pai franzisse o sobrolho, que a mãe lhe arregalasse os olhos e que a tia abanasse a cabeça com lentidão, fazendo aquele barulhinho da língua a bater na ponta dos dentes (tse, tse, tse). Alice emendou:

— *Aprendi uma coisa e agora sei o que ninguém mais sabe.*

O interesse dos crescidos pelas palavras da Alice começava a crescer, porque para as pessoas grandes a palavra aprender é uma palavra importante (o avô Manuel, por exemplo, perguntava-lhe sempre que a ia buscar à escola, às segundas-feiras: — *Então, Alice, conta lá o que aprendeste hoje...*).

A Alice, ao perceber que tinha todos os olhos das pessoas crescidas postos em si — os olhos da tia, do pai, da mãe, da avó e do avô, que ao todo faziam dez olhos sem contar com os óculos da tia (que eram grossos... só eles valiam por quatro ou cinco olhos a mais) e dos avós —, a Alice então corou, fez-se muito vermelha e encarnada como geleia de cereja e disse:

— *1. O quadrado da hipotenusa é igual à soma dos quadrados dos catetos.*

A Alice deduzia vagamente que a hipotenusa fosse uma estranha e complexa espécie do reino animal (tipo medusa), com certeza perigosa e imponente, já que as pessoas grandes (professores e tudo) punham um ar sério e compenetrado sempre que dela falavam. Alice ouvira a frase, pela primeira vez, da boca do tio, irmão mais novo do pai, e percebeu de imediato que o assunto além de sério era grave, quando à pergunta de quem era a tal hipotenusa e o que faziam os tais catetos lhe responderam: és demasiado pequena para perceberes. Sempre que diziam isto, era porque se tratava de algo muito difícil, mesmo secreto...

Durante uns tempos, Alice viveu atormentada a pensar que a hipotenusa poderia viver numa parte especial dos tectos — os catetos — dos quartos quadrados. Só descansou quando os homenzinhos da parede lhe juraram a pés juntos (e eles tinham três pés) que os únicos animais que viviam nos tectos eram as cobrinhas pirilampo, que se aninhavam nas lâmpadas, e que o único mal que as cobrinhas pirilampo faziam era dar luz à noite. Os homenzinhos da parede, que eram feitos

de sombra, temiam-nos. No entanto, todas as crianças pediam a sua companhia ao longo das noites escuras, nem que fosse uma só pequenina a marcar presença no corredor. Depois de ouvirem que *o quadrado da hipotenusa era igual à soma dos quadrados dos catetos*, o olhar carregado dos adultos, que vinha sempre acompanhado de umas rugas na testa em forma de arco, desanuviou-se. E à Alice pareceu-lhe ver até um semi-sorriso nos lábios da tia. Devia ser confusão, porque a tia nunca aprendera a rir. No máximo, conseguia imitar uma espécie de sorriso que era mistura entre um franzido de boca e um arreganhar de dente. Mas o certo é que os ouvidos dos crescidos começaram a tornar-se mais atentos, como se acreditassem que a Alice sabia mesmo coisas importantes que mereciam ser ouvidas.

Por isto, Alice prosseguiu. É evidente que não lhes atirou de chofre a sua descoberta verdadeira. Primeiro, era preciso prepará-los com as insignificâncias que os adultos julgam importantes, para depois, apanhada a atenção: zás trás! dizer de repente o que tinha a dizer. Alice prosseguiu com coisas que não tinham o interesse de um grão de arroz e que eram chatas e redondas como uma lentilha:

— *2. Na Natureza nada se perde nada se cria, tudo se transforma.*

O avô aplaudiu, disse sim senhora, a nossa Alice anda a aprender umas coisas, e a tia acenava com a cabeça, que já há muito avisara que bastava ter um pouco de mão nela para que a rapariga (a tia não dizia rapariga, mas *rrrapariga*, com um *r* comprido a enrolar-se pela língua) entrasse nos eixos. O pai por esta altura já estava a olhar para o relógio a ver se eram já horas do telejornal, enquanto a mãe esteve vai não vai para ir buscar o termómetro (a Alice não parecia nada bem, disse à avó). O tio olhou para ela com ar de orgulho e murmurou qualquer coisa como *Lavais o pé*, mas em francês[*].

---

[*] Só muito mais tarde é que a Alice percebeu que o tio queria dizer Lavoisier, o autor daquela frase tão enigmática, mas que de certeza tinha uma pontinha de razão.

De seguida, Alice saiu-se com uma coisa complicada que se chamava a *Lei da Gravidade* (outra complicação estapafúrdia de que os adultos falavam, quando falavam entre eles com os seus ares sérios de carranca carregada, de quem transporta nas costas o peso todo do mundo). Diziam que era por causa da tal *lei da gravidade* que todas as coisas caíam 🏠 e caíam, caíam, descendo do alto do céu até à superfície do mundo. E mais, diziam que por causa dessa lei, a tal da gravidade, um elefante demoraria o mesmo tempo a chegar ao chão do que uma formiga, quando toda a gente sabia que tal não era verdade; que as formigas nunca caem: sobem, sobem e sobem pelas paredes mais íngremes sem nunca cair, e isto tudo sem sequer terem asas. E depois nem tudo o que está no céu cai. As nuvens, por exemplo, nunca se sabe o que vão fazer: às vezes voam até ao alto mais alto dos céus e outras vezes descem a pique à terra levando consigo o nevoeiro, que não é mais do que trazer as nuvens rente aos olhos.

Houve um poeta, o tal do nome de árvore, que percebia que as leis foram feitas para serem quebradas e que sabia que a lei da gravidade não tinha quase importância nenhuma, e que tão depressa as nuvens podiam cair como as árvores voar tal qual os pássaros, com folhas a fazer de penas. Tudo depende de se temos um olhar de ver ao longe ou de poeta, de ver pertinho as pupilas azuis dos olhos das formigas:

🏠 As coisas sabem que pertencem à terra, por isso toca-lhes a saudade, quando são dela separadas, à força e contra sua vontade.

*E a nuvem
no céu há tantas horas,
água suspensa
porque eu quis,
desmorona-se e cai.*

*Caem com ela
as árvores voadoras.*

(Carlos de Oliveira)

O Sol é outro que nunca se importou com leis que fossem graves e sisudas ☺ e, enquanto a manhã nascia, subia até ao mais alto dos altos, até se tornar um ponto de luz muito acima dos céus. Quando era já tarde e começava a ficar com sono ia descendo lentamente e devagar para acordar do outro lado do mundo.

A noite é a nossa dádiva de sol aos que vivem do outro lado da terra

(Carlos de Oliveira)

Disse a Alice num quase sussurro. Mas antes que as testas dos adultos recomeçassem a franzir e a bocas a enrugar, como quem está prestes a perder a paciência para nunca mais a tornar a encontrar, Alice põe de lado estas frases sérias que encerram coisas difíceis e complicadas. Antes que a deixassem de ouvir (os dedos impacientes começavam a tamborilar sobre a mesa) resolveu revelar o seu segredo, a sua descoberta mais secreta:

Os espelhos parecem sólidos mas não o são. Na verdade os espelhos são feitos de água. É por isso que descobrindo o ângulo certo podemos mergulhar lá dentro; e é também por esse mesmo motivo que um espelho quando se parte, parte-se em mil e um pedaços que não são mais do que o brilho e a luz de milhares de gotas de água.

☺ Sisudo quer dizer muito sério, próximo do zangado.

Mas estas palavras é que foram a gota de água para os ouvidos dos crescidos e antes que a Alice pudesse fazer prova do que dizia, logo uma catrefada de rimas desabaram sobre os frágeis ombros da Alice:

Primeiro a mãe:

— *Alice desce já da cadeira. Eu já sabia que vinha daí asneira...*

(A pobre coitada estava de pé num banco, mas quando chegava a hora da poesia tudo servia para melhorar o ralhete.)

Depois a tia:

— *Já tenho dito vezes sem conta: esta Alice está cada vez mais tonta.*

A seguir o avô:

— *É isto o que a escola ensina? Não sabe nada, esta menina.*

Depois o pai sempre distraído e com os versos de sempre, com pouca imaginação:

— *Que Tolice Alice, já chega de tontice.*

O máximo que o pai tinha ido nestas zangadelas tinha sido de uma vez que lhe dera a volta aos nomes e trocara o Alice pelo Maria:

— *Alice Maria, já chega de tontaria.*

Mas raramente conseguia ir além disso, e ficava-se pela sua zangadice tradicional, igual a si mesma, sempre, e com poucas variantes.

Alice
e o espelho da sala

E foi assim que ninguém mais soube que os espelhos eram mesmo mesmo feitos de água e que iam escorrendo das portas dos armários, das paredes das casas de banho; mas faziam-no muito lentamente, muito devagar, com a lesmidão própria de quem tem mais tempo que o próprio tempo. É por isso que os espelhos mesmo muito antigos, aqueles que podemos encontrar nos quartos escuros das casas das avós, colados a enormíssimos armários que chegam aos tectos, que são os céus das casas, têm por vezes umas manchinhas cinzentas; é aí que se pode mergulhar para passar para o lado de lá que existe em cada espelho.

Na sala grande da casa da Alice, havia dois móveis muito altos e mais velhos do que as estrelas, com dois grandes espelhos, um em frente do outro. E a Alice às vezes punha-se no meio, entre os dois, para se ver reflectida num, reflectida no outro, e um no outro, e outro num, até se tornar num número infindo de Alices repetidas, Alices repetidas, Alices atrás de Alices atrás de Alices...

Foi quando estava nessa brincadeira de se multiplicar (esta matemática não a compreendem as pessoas crescidas) que Alice descobriu uma manchinha cinzenta num dos espelhos, como

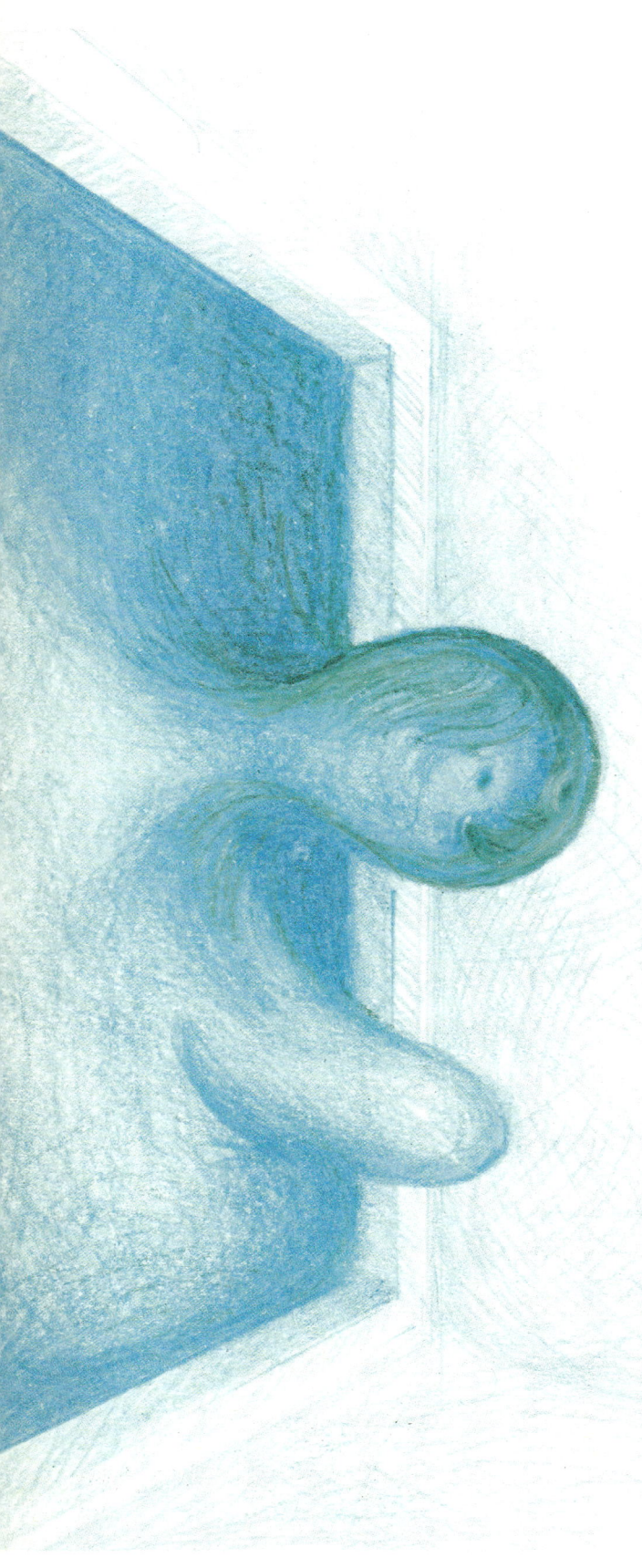

se fosse a marca deixada pelo cair de uma pedra num lago. Alice espreitou com um olho fechado e outro muito aberto e percebeu que se tratava do lugar de passagem; uma espécie de ponte entre dois mundos: o sítio onde as águas do espelho se abriam e davam lugar ao lado de lá do espelho, ao outro lado do espelho.

Alice experimentou primeiro um dedo, enfiou-o devagar até que fosse ficando mais pequeno e longe, como se estivesse a mergulhar para o lago fundo de um lugar distante. Depois tirou o dedo com cuidado e reparou que vinha húmido, com umas pequenas estrelinhas de prata, frias e pegajosas. Encheu-se de coragem e chlap, xap, xap, mergulhou de cabeça. Já do outro lado, a Alice sentiu um arrepio de frio, sacudiu o cabelo para soltar pós de brilhinhos, além de pequeninas estrelas prateadas e das minúsculas gotas de água. Nessa altura, não lhe pareceu que aquele mundo fosse muito diferente do outro, para além de uma luz mais brilhante como se o sol fosse um vidro redondo num céu azul de viva luz. Mas a pouco e pouco, lentamente, a pouco e pouco, devagar, começou a perceber que ali tudo era diferente. Aliás, daquele lado do espelho, mais do que diferente toda a vida era do avesso e ao contrário. Primeiro, Alice não deu por nada, tudo lhe parecia igual naquele mundo, tirando o silêncio: dentro dos espelhos o único barulho que se consegue ouvir é um surdo e lento pingar de gota a gota;

mas não se sabe de onde pinga, nem para onde pinga, só se ouve plinc, ploc, plinc, ploc; daquele lado do mundo tudo o que se vê é feito de água, por isso tudo brilha tanto, e também por isso a cada instante se tropeça num arco-íris. Alice começou a olhar para o céu, a mirar com atenção todo o brilho azulado daquele céu que escorria lá em cima e reparou nos pequenos cardumes de peixinhos de prata que seguiam a corrente (o céu do lado de lá do espelho tinha corrente, e ondas enormes, vagas que chegavam a salpicar o cabelo da Alice). Alice distinguiu uma raia gigante que parecia voar, mas que estava calmamente, com o vagar próprio das raias, a nadar entre as nuvens de espuma e a tentar apanhar as correntes celestes. A raia avançava vagarosa com cara de poucos amigos, ou mesmo de amigo nenhum, resmungando de cada vez que tropeçava no brilho de uma estrela-do-mar. E estava tão indisposta e irritada na sua majestosa pose de raia que descarregou uma violenta e tamanha carga eléctrica, quando uma manada de cavalos-marinhos, navegantes por aquele céu feito de ondas, se atravessou à sua frente. Mas eram bonitas e nem sequer metiam medo as trovoadas do mar celeste celestial que dona raia, na sua grande fúria, provocava. E a Alice, sem medo, sentada numa nuvem, ou a balançar-se na lua, olhava para cima enquanto apanhava salpicos de estrelas e respondia aos acenos dos oito braços de um enorme polvo.

Daquele lado do espelho, o mundo girava e volteava e torneava ao contrário, e não era redonda a Terra: não era já um planeta mas uma planície, imensa planície que se movia pelo universo sustentada por duas tartarugas gigantes, como há muito tempo tinham descoberto os antigos. E nem era preciso esperar meses a fio pelo Verão. Num só dia, podia-se viver cada uma das quatro estações do ano: de manhã, nevava e festejava-se o Natal; de tarde, as folhas de um amarelo d'ouro subiam para as árvores que as recebiam de ramos abertos (do lado de lá do espelho a força da gravidade funciona de modo reverso, e as coisas em vez de caírem pesadas e com pressa, elevavam-se com lentidão no ar). Pela noitinha, o sol brilhava intenso, e quase toda a gente rumava à praia, mas quando chegava a madrugada era altura de ver o sorriso das flores da Primavera.

A Alice estava já quase convencida a morar daquele lado do espelho, onde o tempo pingava devagarinho. Recostada numa nuvem, ou repousada numa estrela, via passar formigas da altura de elefantes, e carreirinhos de elefantes do tamanho de formigas, muito atarefados, procurando bocadinhos de açúcar com as suas trombas minúsculas.

Muito descansada lá estava a Alice a chapinhar alegremente no nevoeiro, quando lá ao fundo viu a silhueta de alguém que a Alice conhecia muito muito muitíssimo bem: era a mãe e lá vinha, de certeza, o ralhete zangado de sobrolho carregado e de lábio franzido. Alice apressou-se a sacudir os pés, a calçar as sandálias, para prevenir as zangadices mais previsíveis:

— *Quantas vezes te disse, Alice, que não deves andar descalça!! Vais ficar doente, isso é mais do que evidente!!*

No entanto, quando a mamã se chegou ao pé dela, e perante grande admiração da Alice, disse-lhe muito bruscamente:

— *Não andes calçada, Alice, quantas vezes te disse?*

Só com dificuldade, reconhecia Alice a sua mãe: chegando a hora do lanche, quando se preparava para beber o seu leitinho com chocolate, é imediatamente repreendida:

— *Nem pensar, Alice... só se bebe o leite depois de comer os gelados, mas quantas vezes é preciso dizer?*

Pelo jantar, a medo, com uma voz de pedinchice, à espera do NÃO de todos os dias, Alice, baixinho em surdina lá tentou:

— *Mãe, hoje não queria sopa... dói-me a barriga.*

Logo a mãe lhe dá um abraço e com toda a meiguice lhe responde:

— *Linda menina, Alice, já tão crescida, não deves comer sopa se te dói a barriga.*

E mesmo à sua frente, na mesa do jantar, apresentou-lhe, para entrada, uma mousse de chocolate, com smarties a enfeitar, depois gelatina de laranja com chupas e pastilhas a acompanhar, e quando chegou a altura da sobremesa (agora é lhe doía mesmo a barriga):

— *Não fiques triste Alicinha querida, comes amanhã a sopa, se hoje estás mal-disposta.*

E sem mais resposta, dá-lhe a mãe uma grande colherada de compota.

Foi então que a Alice percebeu que ali no espelho tinha uma mãe ao contrário e que daquele lado de lá, na outra margem do espelho, tudo andava à cambalhota e virado do reverso, num mundo a girar às avessas. Um mundo bestial, no fundo, para

miúdas travessas. Porque ali portar bem era portar mal, e portar mal muito bem. Assim, raramente Alice recebia reprimendas da avó, da madrinha, como do avô ou da mãe. E se começava a chover, Alice ia passear ao parque, e nem pensar em vestir casacos ou usar cachecóis. E dormia de luz acesa, almoçava a ver televisão e nunca, nunca, lavava os dentes. E se esborratava o sofá branco da sala com plasticina verde, ou escrevinhava no chão, ou esburacava a parede até se ver o cimento, a mãe ficava sempre contente a elogiar-lhe o talento. À hora do telejornal, fazia companhia ao pai, a ver desenhos animados, e nunca ia para a cama, jamais, antes que fosse de madrugada. Porque por ali todas as crianças se deitavam depois dos pais.

O pior é que, de dia para dia, cresciam as dores de barriga e andava sempre enjoada por causa da doçaria; semana sim semana não lá estava ela constipada, e volta e meia apanhava mesmo um grande febrão. Não é que se estivesse mal daquele lado do mundo que ficava atrás do espelho, mas para lhe contar uma história, mesmo antes de deitar, nunca havia ninguém, e quem havia de lhe aconchegar os lençóis, se quando Alice se deitava já estava a dormir a mãe? Resolveu então voltar pela manchinha do espelho para o mundo verdadeiro. Lá estavam à espera os pais, o pai e a mãe verdadeiros, com carranca carregada:

— *Alice, onde estiveste? São horas de ir para a cama, toca a vestir o pijama e vai já lavar os dentes.*

Mas mesmo antes de dormir recebeu um grande abraço e juntamente um beijinho, e a mãe puxou-lhe os lençóis mesmo até às orelhas e foi-lhe contando uma história com a sua voz doce de mãe, até que os olhos da Alice se cerrassem devagar, fechassem devagarinho, seguindo a Alice viagem, rumando ao país dos sonhos.

E para acabar esta história há que chamar a atenção, para nunca nunca esquecer:

Maldades e traquinices são as coisas mais naturais nos miúdos mais pequenos, mas o que podemos fazer, se zangar e resmungar também é o que faz parte da natureza dos pais?

O caderno da Alice

Os poemas

Do lado de lá do espelho

Quando entrei uma vez num espelho
vi que lá tudo andava ao contrário:
um careca   cabeludo (só que na sola dos pés)
um bebé que era já velho   dois velhos que eram bebés
penas num rabo de peixe   dentes de leão num canário

Naquele espelho onde o mundo
andava sempre ao contrário

chovia de baixo para cima: as nuvens molhavam o sol
o sol era frio de gelar e corria o caracol
com pernas para andar enquanto as moscas
nadavam   num lago com ondas do mar.

Mas eu   nunca me importei   com essa tal esquisitice
que lá portar bem era mau, e portar mal natural
as mentiras eram verdade, a verdade uma chatice
por isso ninguém me dizia: que tolice, Maria Alice.

Nesse tal espelho onde a vida só andava à cambalhota
vi-me em hora distraída e entrei por uma porta
que afinal   era a saída e
regressei outra vez ao mundo
que era   o espelho   do avesso

Ouço uma voz lá ao fundo — isto foi só o começo —
É o meu pai que me chama, a seguir vem logo a mãe
não estavam nada contentes: — Alice!! Veste o pijama
xixi cama...
e lava os dentes.

(e se o pai tivesse sabido das marotices do espelho
teria levado um açoite, e não um beijo de boa-noite)

A mãe ao contrário

Certa vez lá no tal espelho do tal mundo imaginário
encontrei a minha mãe
que era mesmo igual à minha só que era a mãe
ao contrário.

Não quer dizer que essa mãe que era o outro lado da minha
andasse a fazer o pino na bancada da cozinha
ou saltasse ao pé coxinho   ou passeasse pelo tecto
ou que abrisse os olhos   quando fosse adormecer
mas fazia tudo diferente do que as mães costumam fazer:

queria que eu andasse em casa   de chapéu-de-chuva aberto
e mandava-me brincar para o parque   mal começava a chover
ria-se com qualquer asneira e ficava toda contente
se eu fazia caretas da janela   a toda a gente.

Se eu estava sossegadinha, franzia-me logo o sobrolho
com uma cara zangada e um olhar inquieto
mas se eu fazia uma birra ela piscava-me o olho
que o errado achava certo, as malandrices correcto.

Se eu cuspia a sopa toda ou outro qualquer disparate
ela avisava-me de seguida:
ai Alice, Alice, Alice.... dou-te um grande chocolate...

Quando um dia fugi para a estrada
a correr e de repente (o sinal estava vermelho)
não se zangou nem um nada:
e ameaçou-me à gargalhada... que me ia dar um presente.

Resolvi então sair
daquele lado do espelho   do tal mundo imaginário
e voltar para a minha mãe, para a minha mãe verdadeira
que era mesmo igual àquela
só que era aquela   ao contrário.

Porque a mãe quando se zanga ao menos é para meu bem
E nunca nunca se esquece de me dar beijinhos também.

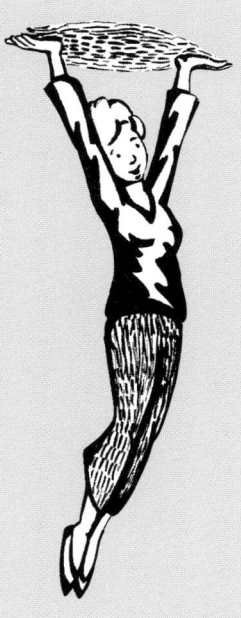

Maldades são naturais

Toda a gente me diz que me devo portar bem
diz a avó e o avô, além do pai e da mãe,
diz a madrinha e a tia a professora também.

E é grande o esforço que faço para tentar obedecer
mas enquanto me esforço tanto, logo me estou a esquecer
e a repetir as asneiras que me dizem para não fazer.

Dar uma mangueirada ao gato, puxar o rabo ao cão
encher de água o sapato preferido do meu irmão

é muito mais divertido

do que andar penteadinha, comer a fruta ao jantar
ser simpática para a vizinha, fazer o que o pai mandar.

Maldades são naturais nos miúdos mais pequenos
pois para as fazer bem feitas nem é preciso pensar:
tudo nos sai como queremos

é tão fácil cuspir a sopa: basta só abrir a boca
é tão fácil não dormir: basta só abrir os olhos
e fica-se logo acordado
é tão fácil fazer birras: é só ajeitar a garganta
deixar as lágrimas sair, espernear um bom bocado
e logo a seguir fazer uma carinha de santa.

Isto são coisas normais, mas não as percebem os pais
que só querem que façamos o que tem dificuldade:

que fiquemos calados à hora do telejornal
que vamos a correr para a cama no meio da brincadeira
que não nos sentemos na mesa se temos uma cadeira
que só nos deitemos tarde na noite que é de Natal
que não mexamos ali, que não toquemos aqui
e que antes de sair de casa façamos sempre xixi.

Mas digam-me que culpa é que eu tenho
se é no meio da viagem que me aparece a vontade
de correr para a casa de banho?...

A família do escuro

Mesmo dentro do meu quarto
vive a família do escuro
e sempre que o sol se deita
do outro lado do mundo
logo a mãe do escuro espreita
e se vê caminho livre
vai entrando lentamente
lentamente devagar
para dentro do meu quarto
onde com os filhos vive.

mal vê a luz apagada
manda vir os seus filhotes
— cinco escuros raparigas e um escurinho rapazote —
depressa lhes veste o pijama
e os deita debaixo da cama
na mesma cama onde eu durmo
na cama que é mesmo a minha
naquela cama onde eu fico
na imensa noite sozinha.

Quando o sol está de visita
à outra metade do mundo
e as paredes se transformam
num negro de poço sem fundo
a escuridão que é a mãe
dos escuros mais pequeninos
toma conta do meu quarto,
e de lá para cá num vaivém
tudo invade num instante:
desde a gaveta das meias
até aos livros da estante.

Mas trocando as voltas ao medo
eu descobri um segredo:
para não me assustar com o escuro
prego eu ao escuro um susto:

Acendo a luz de repente
sem avisar sequer ninguém
e logo o escuro se sente
cheio de medo também.
Enquanto eu fujo do escuro
o escuro é que foge da luz
escondendo-se debaixo da mesa
se deixo a lâmpada acesa

e é então que ouço ao fundo
uma vozinha que chama.
é uma voz pequenina muito metida para si
que me sussurra baixinho mesmo debaixo da cama:

Não tenhas medo do escuro...
que o escuro tem medo de ti.

Os poetas da Alice (antologia)

Carlos de Oliveira
Infância

I

Terra
sem uma gota
de céu.

II

Tão pequenas
a infância, a terra.
Com tão pouco
mistério.

Chamo às estrelas
rosas.

E a terra, a infância,
crescem
no seu jardim
aéreo.

III

Transmutação
do sol em oiro.

Cai em gotas,
das folhas,
a manhã deslumbrada.

IV

Chamo
a cada ramo
de árvore
uma asa.

E as árvores voam.

Mas tornam-se mais fundas
as raízes da casa,
mais densa
a terra sobre a infância.

É o outro lado
da magia.

V

E a nuvem
no céu há tantas horas,
água suspensa
porque eu quis,
desmorona-se e cai.

Caem com ela
as árvores voadoras.

VI

Céu
sem uma gota
de terra.

Alexandre O'Neill
De um Bestiário

Formiga

*Com a formiga viajei,
Quase de braço dado...*

Senhora formiga
É bom que se diga
Que tu és má:

Vais à alma, a pé,
Pr'a roubar até
O que lá não há...

Andorinha

Despenteei-me já, mercê duma andorinha
Que na cabeça me passava p'la tardinha.

Grilo

O grilo que lutava ainda,
Adormeceu.

Coitado,
já não podia aguentar o peso da noite!

Cão

Cão passageiro, cão estrito,
cão rasteiro cor de luva amarela,
apara-lápis, fraldiqueiro,
cão liquefeito, cão estafado,
cão de gravata pendente,
cão de orelhas engomadas,
de remexido rabo ausente,
cão ululante, cão coruscante,
cão magro, tétrico, maldito,
a desfazer-se num ganido,
a refazer-se num latido,
cão disparado: cão aqui,
cão além e sempre cão.
Cão marrado, preso a um fio de cheiro,
cão a esburgar o osso
Essencial do dia a dia,
cão estouvado de alegria,
cão formal da poesia,
cão moído de pancada
e condoído do dono,
cão: esfera do sono,
cão de pura invenção, cão pré-fabricado,
cão-espelho, cão-cinzeiro, cão-botija,
cão de olhos que afligem
cão-problema....

Sai depressa, ó cão, deste poema!

Pulga

Pula pula
como o g da pul ᵍ a.

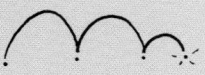

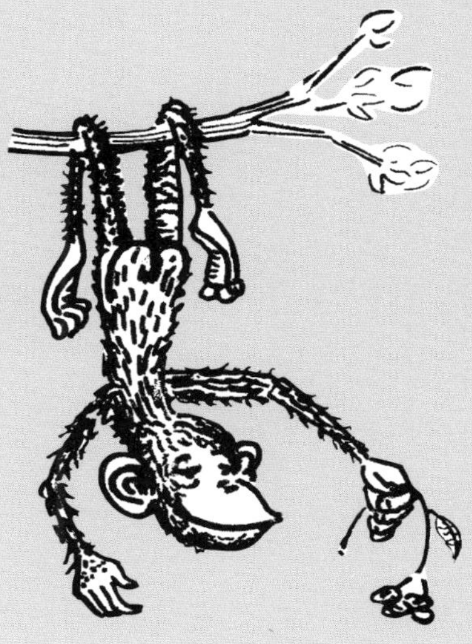

O Macaco

(Valsa lisboeta)
(Comentários a desenhos de Júlio Pomar)

Nunca se sabe
        até que ponto
                um macaco
pode chegar
        na ânsia de
                nos imitar.
Dizem
        alguns autores
                ser o macaco
difícil de apanhar
        — mas não.
Em qualquer
        mundana
                reunião
num ombro
        numa frase
                num olhar
no jeito
        «humanista»
                de falar
aí temos
        o macaco
                a trabalhar
procurando
        aproveitar
                a confusão
Pessoalmente
        sou de opinião
Que o macaco
        é fácil de caçar
até à mão.

Almeida Garret
Rosa e Lírio

    A rosa
É formosa;
      Bem sei.
Porque lhe chamam — flor
      D'amor
      Não sei.

    A flor
Bem de amor
      É o lírio;
Tem mel no aroma, — dor
      Na cor
      O lírio.

    Se o cheiro
É fagueiro
      Na rosa,
Se é de beleza — mor
      Primor
      A rosa.

    No lírio
O martírio
      Que é meu
Pintado vejo; — cor
      E ardor
      É o meu.

    A rosa
  É formosa
      Bem sei...
E será de outros flor
      D'amor
      Não sei.

Índice

A Alice   3

Alice e as palavras   5

Alice e os nomes   9

Alice e os segredos   17

Alice e o espelho da sala   25

O caderno da Alice

    Os poemas   34

    Os poetas da Alice (antologia)   38